图解

三十八式木兰扇

胡金焕 陈 昇 李凤成 编著

木兰扇是木兰拳运动器械之一，也是一种"动功"和"静功"相融合的健身、养生运动项目。练扇时，伴随着动听的民族乐曲旋律，精神贯注，意守拳路，气沉丹田，机体就能得到"动"与"静"的协调结合，达到内外相通，形神合一的境地。实践证明，经常练习木兰扇不仅对腰、腿、关节病有显著的疗效，而且对神经衰弱、坐骨神经痛、心脏病、肥胖症等都有积极的防治作用，经常操练定能收到陶冶情操、焕发青春、防病治病、健康长寿的目的。

三十八式木兰扇规定的套路是国家体育总局武术运动管理中心于2000年5月组织有关专家创编出版的木兰扇普及套路。它是在传统木兰花架拳的基础上，吸收部分体操和舞蹈动作编成的一套既科学又规范的武术健身套路，具有武舞结合、轻柔优美、刚柔相济、易学易练、老少皆宜的特点，因而深受广大群众的喜爱。

本书比较详细地介绍了木兰扇的风格特点、健身价值和练习阶段；比较全面地介绍了木兰扇对身体各部位姿势的要求。每个图解除用一般文字说明动作方法外，还对每个动作名称的最后定式图所处的位置，加注东、西、南、北四个正向，以及东南、东北、西南、西北四个斜向（即45°方向）的文字说明，并增加了教学口诀、动作要点、易犯错误与纠正方法等内容。

本书编写过程中主要参考和借鉴了国家体育总局武术运动管理中心出版的《木兰拳规定套路》全书，以及大量有关木兰拳、太极拳等武术书籍和资料。本书图文并茂、直观明了，初学者通过看图并掌握教学口诀，就能初步学会动作，达到健身、养身的目的。意欲提高和深造者，可以通过领悟动作要点、意气运用，并结合文字说明，达到令人满意的效果。

本书在编写过程中，得到福建省和福州市武术协会领导的关心和帮助，还得到部分木兰扇高手的大力支持，闽海武术俱乐部副秘书长杨惠娟女士为本书做了全套动作示范，在此一并致谢。

由于水平有限，编写中难免有疏漏之处，热忱希望读者不吝指正和批评。

编者

2002年12月

目

录

一、三十八式木兰扇概述 ………………… 1

　　(一)三十八式木兰扇简介 ……………… 1

　　(二)三十八式木兰扇的风格特点 ………… 2

　　(三)三十八式木兰扇的健身价值 ………… 4

　　(四)三十八式木兰扇的练习阶段 ………… 6

　　(五)怎样看书自学木兰扇 ………………… 7

二、三十八式木兰扇的基本技术 ………… 12

　　(一)扇的部位名称与规格 ……………… 12

　　(二)三十八式木兰扇的基本扇法 ……… 12

　　(三)三十八式木兰扇的基本手型、手法、步

型、步法、腿法、平衡 ………………… 16

　　(四)三十八式木兰扇对身体各部位姿势的要求

………………………………… 25

三、三十八式木兰扇套路 ………………… 28

　　(一)三十八式木兰扇套路说明 ………… 28

　　(二)三十八式木兰扇套路动作名称 …… 29

　　(三)三十八式木兰扇套路图解与动作说明 … 30

附:三十八式木兰扇套路演练线路图 …… 95

一、三十八式木兰扇概述

（一）三十八式木兰扇简介

木兰扇是木兰拳的器械之一，也是在传统的"木兰花架拳"基础上，吸收部分体操动作和舞蹈动作后形成的一项武术健身项目。由于它具有武舞结合、轻柔优美、刚柔相济、动静配合的特点，每个套路再配上动听的民族乐曲，更富有时代气息，而且还有养身健美、陶冶性情、祛病强身、延年益寿之功效。木兰扇动作易学易练，男女老少皆宜，深受广大群众的欢迎，尤其备受广大女士的青睐。近年来木兰拳运动发展迅速，已成为我国广大群众较为喜爱的武术健身活动之一，也吸引了许多外国观光旅游者和港、澳、台拳扇爱好者。

为了引导木兰扇运动向科学化、规范化的方向发展，国家体育总局武术运动管理中心组织有关专家编写和审定了《二十八式木兰拳》、《三十八式木兰扇》和《四十八式木兰剑》以及三个规定套路的《木兰拳竞赛规则》，并将三个规定套路摄制成教学录像带、VCD影碟等向全国发行推广。2000年5月在北京举办的"首届木兰拳全国教练员培训班"在学习了新编的木兰拳、木兰扇、木兰剑三个规定套路后，统一了木兰拳竞赛规则和裁判法，并于2000年10月1~3日在江西南昌举办了第一届全国木兰拳、扇、剑三个规定套路的比赛，以满足广大木兰扇爱好者进一步学习和提高的需要。

（二）三十八式木兰扇的风格特点

木兰扇是武舞结合的健身项目之一，它的风格特点是"心静用意不用力"、"气沉丹田呼吸自然"、"虚实分明轻灵沉稳"、"缓慢柔和连贯圆活"、"上下相随内外相合"、"意识、动作、呼吸和乐曲协调配合"。

1.心静，用意不用力

"心静"即在练扇时，思想上尽量排除一切杂念，心理上保持安静状态，使精神贯注到每个细小的动作中去，做到专心练扇。

"不用力"首先要求放松。在练扇时保持全身肌肉、关节、韧带和内脏都应处于自然舒松的状态，使其不受任何拘束和压迫。不用力应理解为不用拙力、笨力（死劲、硬力）。

练木兰扇要求以意为主、力由意生、劲出自然、讲究舒松，不是松软无力、松懈疲塌，也不能用拙力（即僵劲），使动作僵硬、呆板，而应当让手脚动作的方向、路线、位置与头颈、身体有机地配合起来，让人看起来舒服自然。

2.气沉丹田，呼吸自然

"气沉丹田"即"意注丹田"，用意识引导呼吸，将气徐徐送到腹部脐下，这样才能达到身动、心静、气敛、神舒的境地。

"呼吸自然"即要求呼吸深、长、细、匀，顺其自然。这就是说在做动作时，练习者应按自己的习惯进行呼吸，该呼就呼，该吸就吸，动作和呼吸不要相互约束。动作熟练后，可以根据个人锻炼的体会和需要，有意识地使呼吸与动作自然配合，做开、起、升、屈等动作时深吸气；做合、落、降、伸等动作时深呼气。

3.虚实分明，轻灵沉稳

木兰扇从整体动作来看（除个别情况外），达到终点定式时为"实"，动作变转过程为"虚"。从攻防含义来说，虚为防，实为攻。从动作局部来分，主要支撑体重的腿为"实"，辅助支撑或移动换步的腿为"虚"；体现动作的主要手臂为"实"，辅助配合的手臂为"虚"。分清虚实，练习者用力的时候，才能有张有弛，区别对待。实的部位和动作用力要沉着充实；虚的部位和动作要轻灵含蓄。

动作的虚实和重心的转移关系密切。一个姿势接一个姿势地变换，同时也改变了位置和方向，每一步法的改变都使重心不断转移，虚实变换分明，动作连贯，一气呵成。调整重心的关键在于屈膝松胯、旋踝转腿动作。如果虚实变化不清，进退变换就不灵，就会出现动作迟滞、重心不稳和左右歪斜的毛病。

4.缓慢柔和，连贯圆活

"缓慢柔和"是木兰扇的特点之一。练扇时，用意不用拙力，柔中寓刚，刚柔相济，内紧外松最为重要。这样练会使内劲逐步增强，动作轻灵沉稳，不僵不拘，全身关节松弛，柔以气连贯，动作连绵不断。当然，操练木兰扇时，也不是越慢越好，过慢会出现动作散漫，无精打采，暮气沉沉的现象。

"连贯圆活"，就是势势相连，要求从"起势"到"收势"，不论是虚实变化或各式之间的转变都要互相衔接、连贯一气，好像行云流水，连绵不断，看不出停顿和接头的地方。同时，运势要圆，没有凹凸感。木兰扇的动作都是以各种弧形曲线为基础构成，手法、步法和身法都是如此，无一不圆，灵活自然，衔接和顺。只有认识和掌握这一规律，才能自觉地避免动作直来直去和转死弯、拐直角的毛病，保持一定的曲度和弧形。

5.上下相随，内外相合

练习木兰扇要求全身"由脚、而腿、而腰"一气完成整套动作，做到全身"一动无有不动"，也就是要求身法与眼法、扇法与步法要协调一致，配合统一；扇的运行，前后贯串，绵绵不断，做到势势上下相随，内外相合，充分展现木兰扇的风格特点。

6.意识、动作、呼吸与乐曲协调配合

意识、动作、呼吸与音乐的紧密结合才是达到全身上下、内外合一、和谐、完整的关键。所谓四者结合，就是练扇时在意识的引导下，使动作、呼吸和乐曲协调配合。意识在木兰扇运动中始终是起主导作用，不能无意识随便乱动，用意识指导动作，配合呼吸和乐曲从起势到收势，就像一根红线把各个动作贯串起来。

（三）三十八式木兰扇的健身价值

习练木兰扇除全身各个肌肉群和关节需要活动外，还要配合均匀呼吸与横膈运动，并要求练扇时做到"心静"，精神贯注，这样就对中枢神经系统起了良好的影响，从而为其他系统与器官功能的活动与改善打下良好的基础。

1.习练木兰扇对神经系统的影响

我们知道，中枢神经是调节与支配所有系统与器官活动的枢纽，人们依靠神经系统的活动，通过条件反射与非条件反射，以适应外界环境并改造外界环境，使体内各个系统与器官的功能活动按照需要统一起来。因此，任何一种锻炼方法，只要能增强中枢神经系统的功能，对全身来说就会有很好的保健作用。经常坚持操练木兰扇可以活跃情绪，对某些慢性病患者来讲，改善情绪尤为重要，它不仅可以激活各种生理机制，同时能够

使患者摆脱病态心理，大大提高治疗的功效。

2.习练木兰扇对心脏血管、呼吸系统的影响

血液为生命的源泉，应重视它的营卫价值，以增强其循环功能。

木兰扇为"意气"运动，在周身放松下以腰为主宰，始终保持节节贯串、绵绵不断，并在中枢神经的支配下，配合有节律的腹式呼吸，要求"气沉丹田"这样一种横膈呼吸，因此有利于改善血液循环的状况，加强心肌的营养。此外，横膈的运动又可以给肝脏以有规律的按摩作用，是消除淤血，改善肝功能的良好方法，所以以经常操练木兰扇对预防心脏各种疾病及动脉硬化症等能起到良好的作用。

3.习练木兰扇对骨骼、肌肉及关节活动的影响

习练木兰扇对骨骼、肌肉及关节活动的影响很突出。以脊柱为例，驼背是衰老的表现，也是老年人较典型的脊柱畸形。但据观察，操练木兰扇的老年人很少发生脊柱畸形。因此，经常操练木兰扇有一定的防老作用。

4.习练木兰扇对体内物质代谢的影响

近年来，国外有不少专家从物质代谢的角度研究运动的防老作用。据报道，老年人锻炼5~30分钟后，血中胆固醇含量就会下降，其中以胆固醇增高的人下降尤为明显。也有人对动脉硬化的老年人进行锻炼前后的测定研究，发现经过5~6个月的锻炼后，血中蛋白含量增加，球蛋白及胆固醇的含量明显减少，动脉硬化的症状大大减轻。因此，经常操练木兰扇对体内物质代谢有良好的影响。

5.习练木兰扇对消化系统的影响

由于神经系统功能的提高，改善了其他系统功能活动，因此可以预防和治疗因神经系统功能紊乱而引起的消化系统疾病。

此外，腹式呼吸对胃腹肠道起着机械的刺激作用，也能改善消化道的血液循环，促进消化作用，预防便秘。

综上所述，木兰扇是一种以阴阳二气合理运动为理论依据，"静功"与"动功"相结合的养生术，合乎生理规律、意识调节规律。操练者伴随着美妙的音乐旋律起舞操练，身心得到了动静调节与平衡，从而达到焕发青春、防病治病、健康长寿的目的。从医学观点来看，它又是一种良好的保健武术与医疗武术。

（四）三十八式木兰扇的练习阶段

学好木兰扇也和其他运动项目一样，必须遵照由易到难、由浅入深、循序渐进的原则。经过一个由生到熟，由熟到巧，逐步提高的几个阶段。

1.学习武术和木兰拳、扇的基本功

通过基本功和基本动作的练习，可使身体各部位较快地适应木兰扇的操练，提高木兰扇运动的专项素质，为学习木兰拳、扇、剑等套路，为提高木兰扇技术水平打下良好的基础。

经常练习基本功和基本动作，能增强各个关节、韧带的柔韧性和灵活性，提高肌肉的控制能力和必要的弹性。这对提高木兰扇的动作质量，防止、减少操练中的伤害事故都能起到重要的作用。

2.学会套路动作，弄清动作的方向路线

这一阶段的任务是要使练习者弄清和掌握每个动作方向路线的曲折迂回、来龙去脉，以及最后定式的位置。对于姿势步型可作一般的要求，不必要求太工整。

3.学准套路动作

这一阶段的任务是要练习者在已经弄清动作方向路线的基础上，进一步掌握动作姿势手型、步型的工整准确。这里所指

的姿势步型的标准，不仅要求静止时姿势步型的工整准确，同时还要求在活动过程中，手、眼、身、步变化部位的工整准确。

4.动作要连贯完整

这一阶段的任务是使练习者掌握动作的完整性，强调把分解的动作连贯起来做。不但要求做到式与式的连贯，而且要求做到全套动作的连贯、完整，一气呵成。

5.学会配乐，掌握动作与音乐伴奏曲的配合

这一阶段的任务是在学完全套动作后，进行配乐练习。首先应熟悉乐曲的主旋律与节奏，弄清音乐伴奏曲与全套动作的配合情况，反复进行配乐练习，掌握好每一小节乐曲所对应的动作，逐步做到每个动作、每个段落与音乐伴奏曲的完全协调，同时还要注意段与段、动作与动作之间的衔接和谐、连贯圆活。

6.学好全套动作

这一阶段的任务是，使练习者深刻领会木兰扇的风格特点，体会动作性质、作用、意向、节奏等技巧。在意识的引导下，以乐曲的旋律带动动作，真正做到"一动无有不动"、"形动而意先动"。也就是说，随着乐曲的轻、重、缓、急来展现动作的刚、柔、虚、实，使乐曲的美妙旋律在动作的变化中完整地表现出来，做到在意识的引导下，动作、呼吸与乐曲协调配合，达到形神兼备、内外相合的要求。

（五）怎样看书自学木兰扇

木兰扇爱好者都希望自己能通过看书，自学自练，掌握好习练技巧。大家知道，书里不论是介绍木兰扇单个动作或是整个套路动作，都有图解和文字说明。但同样一本书，有的人能自学自练，而且练得很好，有的人却练不好。这里的关键，就在于如何掌握和利用图解及文字说明的规律来学会木兰扇的动

作与技术。

木兰扇运动主要由套路来表现，一个套路又是由十几个、几十个甚至更多的动作所组成。这些动作起伏转折、往返多变、快慢结合、刚柔相济，充分表现出木兰运动的特点。每个动作都有其手型、手法、步型、步法、腿法、身型、身法的具体要求，以及与之相配合的动作方向、路线和眼法等。因此，要想自学自练木兰扇动作，特别是掌握好较复杂、要求较高的动作，就得先学会看书自学的本领。

1.木兰扇动作的运动方向

木兰扇动作方向是以人体前、后、左、右为依据的。方向又随着身体姿势和当时所处位置的变化而变化，不论身体怎样转动，总是以练习者胸向的方向为"前"，背向的方向为"后"，身体左侧对的方向为"左"，身体右侧对的方向为"右"。此外，还有左斜前方（左前方），右斜前方（右前方），左斜后方（左后方），右斜后方（右后方）的45°方向等。

木兰扇图解所示的动作方向（图1）还有另一种表示法。假设练习者面向南正面站立，则他的前方为"南方"，左侧方为"东方"，右侧方为"西方"，后方为"北方"。因此，在图解说明中，"向左"也可写"向东"，"向右"也可写"向西"，"左斜后方"也可写"向东北方"，"向前上一步"也可写成"向南上一步"等。此外，还有"正东偏北30°"（不超过45°为偏）。一般套路起势都以面向南开始，一旦身体改变了方向，如身体左转90°，这时前方就是东方而不是南方了，方向的表示也因此而改变。

2.木兰扇动作的运动路线

图解上的动作路线一般是以虚线和实线两种线条表示，箭头表示运动方向。线条表明从这个动作到下一个动作所经过的

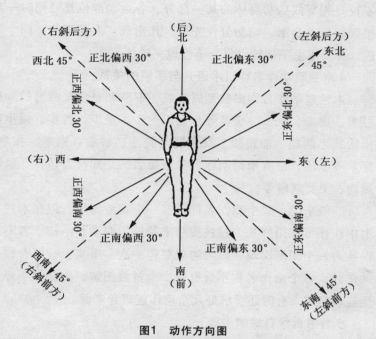

图1 动作方向图

路线和部位，箭尾为起点，箭头为止点。一般采用实线表示右手和左脚的动作路线；虚线表示左手和右脚的动作路线。但也有以实线表示右手、右脚的动作路线；以虚线表示左手、左脚的动作路线。

3.木兰扇动作的写法顺序与文字说明

木兰扇整个动作的文字说明一般是先写动作的运动方向（向左转或向右转等），然后写下肢动作（步型、步法、腿法），继而写上肢动作（手型、手法、器械握法和器械运动方法），某些动作还写了身型、身法，最后写眼睛注视的部位和方向；也可按完成动作的先后顺序来写。

文字说明中要特别注意的是，凡出现"同时"两个字的，

不论是先写或后写身体的某一部分，各运动部位都要同时一起协调地运动起来，切勿分作先后；凡出现"上动不停"四个字的，都要求上下连续（贯）不停地完成练习。

4.木兰扇动作名称（术语）与图解的关系

木兰扇动作名称多数是以上肢、下肢和身法来命名的。如弓步、虚步、歇步、坐盘等步型；上步、退步、盖步、插步等步法；上踢腿、前蹬腿、踩莲腿等腿法；请拳、搬拳、按掌、穿掌等手法，也有根据动作形象来命名的，如神龙昂首、凤凰展翅、美女献扇等。

一般来说，每个动作名称只有一个定势图解，但在木兰扇书中往往可能用好几个过渡图解来帮助说明动作。初学者不要误认为一个图解出现，练习时就要停一次。事实上，除有顿挫动作外，每个动作名称不管有多少个过渡图解，都必须不停顿地连贯完成，有时还要求好几个动作连贯起来做。

5.看书自学自练的步骤

（1）对木兰扇有了一定的认识并掌握了基础知识的人可先按图学习，在初步弄懂每个动作和整套动作的方向、路线以及定式位置后，再对照文字说明，解决光看图解还不太懂的问题。

（2）初学者可以边看图边看文字地进行个人自学；两人以上一起学习的可以一个人读文字，另一个或几个人做动作。在遇到较复杂动作时，应当先单独练习上肢动作或下肢动作，然后上下肢动作协调起来练。这种图文结合的练法，虽然花的时间较多，进度较慢，但却较为准确。

总之，要看书自学自练，就必须通过实践——认识——再实践——再认识的过程才能完成。首先，要学会木兰扇的基本功、基本动作和基础套路。有了几个套路的实践经验后，再结合看书，详细对照和理解每个动作的路线、画法和文字说明，

就能真正懂得并掌握木兰扇图解和文字说明的规律，为学习新套路打下基础。看书自学必须遵循由简到繁、由易到难、由浅入深、由感性到理性的原则。

二、三十八式木兰扇的基本技术

（一）扇的部位名称与规格

木兰扇运动所使用的扇子是一种专用扇子，它是由扇端、小扇骨、大扇骨、扇面、扇顶和荷叶边组成。木兰扇各部位名称请参见图2所示；其规格为：扇子从扇端到扇顶不得短于33厘米。

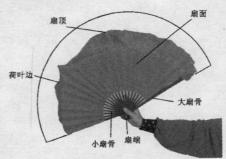

图2　木兰扇各部位名称

（二）三十八式木兰扇的基本扇法

1.合扇握法

拇指、中指、无名指、小指握扇，食指伸直贴于扇面。（图3、图4）

图3　合扇握法（正面）　　　　图4　合扇握法（背面）

口诀：合扇握法紧又活。

要点：合扇握法既要握紧，又要灵活，手心要空，动作要自然。

2.开扇握法一

大拇指扣压在扇端和大扇骨上，食指、中指、无名指、小指四指伸直压于另一面小扇骨上。（图5、图6）

图5　开扇握法（正面）　　　图6　开扇握法（背面）

口诀：拇指扣压大扇骨，

　　　四指伸直反面压。

要点：拇指与四指两面用力，要对称，把扇握牢，扇面全面展开。

3.开扇握法二

大拇指扣压在扇端上，食指、中指、无名指、小指屈指扣压在另一面扇端上。

口诀：拇指扣压扇端上，

　　　四指弯屈反面压。

要点：拇指与四指两面用力须对称，将扇握牢，扇面充分展开。

4.开扇法

甩腕使扇面开平，扇面要求平整不能折叠。开扇分为向左开扇、

图7　开扇法

向右开扇、向前开扇、向后开扇(向里开扇)等,参见图5~图7。

口诀:用力甩腕扇开平,

前后左右都须练。

要点:开扇时用力甩腕,开扇结束时,拇指紧紧扣压扇端,小指迅速扣压在反面大扇骨上。

5.合扇法

甩腕至扇骨合拢,握于虎口中。
(图8)

口诀:甩腕合扇握手中。

要点:甩腕合扇用力要顺达,扇骨要合拢,合扇要握紧。

6.云扇

右手握扇以腕关节为轴向内或向外平转一周。(图9、图10)

口诀:以腕为轴左右云。

图8 合扇法

图9 云扇 (向外)

图10 云扇 (向内)

要点：云扇要强调以腕为轴，动作要平，用力要匀，并配合上体的后仰动作。

7.托扇

扇面朝上，由下向上托起，成水平。（图11）

口诀：扇面朝上向上托。

要点：上托时扇面要平。

8.推扇

立扇，扇面朝前，手臂由屈到伸向前推出。（图12）

图11 托扇   图12 推扇

口诀：扇面朝前向前推。

要点：扇面朝前成立扇，推扇时手臂由屈到伸。

9.翻扇

平开握扇，手向内或向外由扇的一面翻向另一面。（图13）

口诀：右握开扇上下翻。

要点：握扇上下翻转180°，握扇要平，翻扇要轻柔。

10.撩扇

合扇(或开扇)大扇骨由后向前上方摆起,臂外旋。(图14)

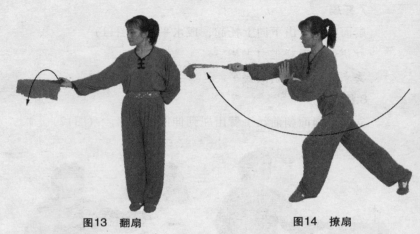

图13　翻扇　　　　　　　　　　　图14　撩扇

口诀:握扇由后向前撩。

要点:撩扇时要以肩为轴,攻可击对方腹裆部;防可挡架对方正面的拳脚。

练习方法

(1) 上述3种握扇法与7种基本扇法先进行原地单独练习,每种握法、扇法每组做10~15个,每次做3~5组。

(2) 每一种扇法成型时可停几秒钟,以建立正确的扇法概念,刚开始练习动作时先慢,待熟练后再按正常速度进行。

(3) 结合步型、步法练习。

(三)三十八式木兰扇的基本手型、手法、步型、步法、腿法、平衡

三十八式木兰扇的手型、手法、步型、步法等与二十八式

木兰拳一样。

1.手型

掌：五指自然伸直，虎口撑圆，拇指根节微内扣。（图15）

2.手法

托掌：掌心朝上，单手或双手由下向上托起。（图16）

图15 掌

穿掌：掌心斜向上，虎口朝前，臂由屈到伸向斜上穿掌。（图17）

图16 托掌

图17 穿掌

按掌：手心朝下，单手自上向下按掌。（图18）

推掌：掌心朝前，臂由屈到伸向前推出，腕同肩高，微屈肘。（图19）

撩掌：掌心向前上直臂由后向前撩出。（图20）

架掌：左手上摆架至额头左前上方翻掌，掌心向上。（图21）

图18　按掌

图19　推掌

图20　撩掌

图21　架掌

3.步型

　　弓步：前腿屈膝半蹲，脚尖外撇45°，全脚掌着地；后腿自然伸直，脚尖微内扣，全脚或脚前掌着地。（图22）

　　歇步：两腿交叉，屈膝全蹲。前脚脚尖外撇，全脚掌着地；

（正面）　　　　　　　　　（侧面）

图22　弓步

后脚脚跟离地，臀部坐于小腿接近脚跟处。（图23）

　　虚步：后腿支撑，膝微屈，脚尖外撇60°，前腿膝微屈，脚尖外撇45°，脚前掌着地。（图24）

图23　歇步　　　　　　　　　　　图24　虚步

　　前点步：后腿支撑自然伸直，脚尖外撇45°；前腿自然伸直，脚前掌着地。（图25）

　　坐莲步：前腿前脚掌着地屈膝全蹲，臀部坐于小腿上；后腿自然伸直，脚尖外撇45°，脚掌外侧着地，膝腘贴于支撑腿膝

关节内侧。（图26）

叉步：两腿交叉，前脚尖外撇45°，全脚掌着地，屈膝半蹲；后脚前掌着地，腿自然伸直。（图27）

图25　前点步　　　　图26　坐莲步　　　　图27　叉步

4.步法

上步：后脚经支撑腿向前迈出，脚尖略外撇，脚尖或脚跟着地。（图28）

退步：前脚经支撑腿向后退一步，脚前掌着地。（图29）

盖步：一腿支撑，另一腿经支撑腿前方向异侧横跨一步。（图30）

插步：一腿屈膝支撑，另一腿经支撑腿后方向侧横插一步，两脚成交叉。（图31）

展、转步：展、转步是木兰扇运动主要步法之一，在套路和动作练习中，对每个动作重心的移动和方向的改变，尤其全套动作之间的衔接，连贯圆活都起着重要的作用。初学者必须尽快学会并熟练掌握好。

（脚尖着地） （脚跟着地）

图28　上步

图29　退步

图30　盖步

图31　插步

（1）外展：右脚向前落步，脚跟着地，脚尖外展30°~90°落地。（图32）

（2）外撇：以右脚跟为轴，脚尖外撇30°~90°着地。（图33）

图32　　　图33

（3）内扣：右脚向前落步，脚跟着地，脚尖内扣45°~90°落地；（图34）以左脚后跟为轴，脚尖内扣45°~90°着地。（图35）

（4）外转：以左前脚掌着地为轴，脚跟外转（蹬）45°~60°着地。（图36）

（5）内转：以右前脚掌着地为轴，脚跟内转（旋）30°~45°着地。（图37）

图34

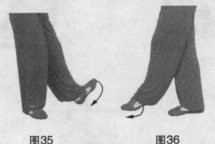

图35　　　　　　图36

图37

5.腿法

上踢腿：一腿支撑，脚尖外撇45°；另一脚勾脚尖由下向上踢起，脚高于肩。（图38）

前蹬腿：一腿支撑；另一腿屈膝提起，脚尖自然下垂，小腿向上摆起至胸高时，勾脚尖向前上方蹬出。（图39）

踩莲腿：右（左）脚尖外撇45°站立；左（右）腿屈膝提起，脚尖自然下垂，小腿向上抬起过腰后身体向左（右）转90°，同时勾脚尖向外摆腿，脚高于胸。（图40）

图38　上踢腿

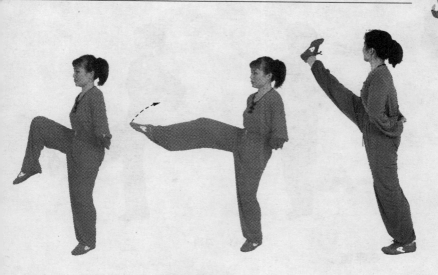

图39 前蹬腿

图40 踩莲腿

勾踢：一腿微屈支撑；另一脚勾脚尖屈膝向后摆起，即脚跟擦地向前或向异侧直腿勾踢。（图41）

图41　勾踢

6.平衡

提膝平衡：一腿直立支撑；另一腿体前屈膝提起，脚尖自然下垂微内扣，大腿略高于水平。（图42）

后举腿平衡：一腿直立支撑；另一腿屈膝后抬小腿，脚底朝上，高于臀平。（图43）

图42　提膝平衡　　　　　　　　图43　后举腿平衡

（四）三十八式木兰扇对身体各部位姿势的要求

木兰扇对身体各部位姿势的要求，除木兰扇本身特色外，基本上与二十八式木兰拳一样。

1.头、颈部

操练木兰扇时，强调头正、顶平、颈直、颏收，要求百会穴有轻轻上顶之意，好像有根绳索将头顶向上吊起似的。这就要求练习者头部自然正直，运动时假设头上轻顶一物，即使在头上放一碗水，也不会洒出。但要注意，过分向上顶颈，紧收下颏，会导致颈部僵硬，使动作失去灵活；也不要低头仰面，左右歪斜，摇头晃脑，自以为灵活。正确的做法是口自然闭合，舌抵上颚，这样面部肌肉可以得到放松，加强唾液的分泌。练扇时，使用鼻子自然呼吸，待动作熟练后，逐步做到动作与呼吸协调配合，即眼随手走，眼到手到。

2.躯干部

上身要正直放松，自头顶、躯干至会阴，上下形成一条垂直线。因为它关系到身躯、动作姿势的中正准确，也是支撑八面的准星。上身脊柱不正，身躯必斜，动作姿势必然歪扭，还会影响下盘的稳固，使下盘的劲力与躯干的劲力发生间断。因此，木兰扇运动要求上身正直放松，不要前俯后仰、左右偏斜；两肩齐平，背部保持自然状态；胸部内含不可故意挺出，要求"含胸拔背"；小腹不要有意收敛；臀部不宜外突，含胸即两肩轻微前合，不要理解为弯腰、凹胸或弓背，但也不能出现挺胸、凸腹等现象。

3.腰、臀部

木兰扇强调腰的作用。腰部要松沉，使坐身或蹲身的姿势更加稳健，不仅帮助沉气和下肢的稳固性，而且还是上下肢转

动的关键。它对全身的动作变化、重心的稳定以及劲力的顺达都起着主导的作用。拳论中指出："主宰于腰"、"腰为车轴"、"刻刻留心在腰间"，这里都是指松腰的重要。

练扇时，要以腰为轴带动四肢做动作，不能用四肢牵动躯干做动作，也不能四肢动腰不动。腰的松沉有助于沉气，这在技术攻击上也是很重要的。

敛臀是在松腰的基础上，使臀部稍作内收。敛臀的作用除保持外形美观和顺外，还能使练习者气沉丹田，腹部更充实。敛臀时，可先放松腰臀肌肉，然后轻轻向前、向里收敛，像用臀把小腹托起来似的，切忌出现臀部外突的现象。

4.上肢部

要求肩要"沉肩"；肘要"坠肘"；手要"塌腕舒掌微翘指"。练扇时，肩肘向下沉坠，两臂由于肩肘的沉坠会有一种沉重的内劲感觉，这就是臂部内在的遒劲，外似软棉，内实刚健，犹如"棉里裹针"。两肩除了下沉之外，还要求齐平，要有向前微合之意；两肘下坠时也要微向里裹劲，这样才能使劲力贯串到手臂。掌也分虚掌与实掌，如向前推掌，臂未前伸，掌心成窝形，蓄而不张，此称虚掌；推掌至终点时，应逐步做到塌腕（掌根向前突出）、舒掌、微翘指，这叫实掌。木兰扇动作舒展大方，具有潇洒的舞台风姿，除按上述规定的动作要求做外，还要求手腕更加灵活有力，而这一切动作都要通过腰的带动来完成。

5.下肢部

木兰扇运动对下肢的胯、膝、踝三大关节要求是屈膝、松胯、转腿、旋踝。迈步要轻起轻落，提步、落步都要有轻灵的感觉。两腿动作要分清虚实，进、退、屈、伸时身体重心移换要明显，避免呆板和不必要的紧张，操练全套动作时，身体重

心始终在左右两腿间替换，除起、收势外，体重不能由两腿平均负担，在动作变化或方向改变时，要特别注意脚尖的外撇和内扣，以及脚跟的外蹬和内转等动作的和谐配合。

木兰扇与木兰拳相似，它在步法上出脚多采用舞台上的踩莲脚，以腰带动脚步，上步时脚尖外撇，步法更加灵活，踏实脚有五趾抓地生根之意，这对全套动作起到稳固、连贯、进攻的作用。

三、三十八式木兰扇套路

（一）三十八式木兰扇套路说明

练习者预备式以面向南站立为准，动作的方向以人体的前、后、左、右为依据。不论怎样转变，总是以面对的方向为前；背向的方向为后；身体左侧为左，身体右侧为右。图中用的实线"——→"和虚线"‥‥→"表示该部位下一动作将要出现的路线。箭头为动作止点；箭尾为动作起点；实线表示右手与左脚；虚线表示左手与右脚。在文字说明中，凡出现"同时"两个字时，不论先写或后写身体的某一部分动作，都要求一起动，不要分先后去做。

习练木兰扇套路的每个动作都有"意气运用"及"易犯错误与纠正方法"等共同问题。因此，在做每一个动作时都应注意这些带共性的问题。

1.意气运用

（1）练扇时，心要静，思想要集中，精神要饱满，在意识的引导下，通过眼的随视和注视，使动作、呼吸和乐曲三者协调配合，并要求全过程的动作连贯。

（2）练扇时，应采用深、长、细、匀的自然呼吸，逐步做到"意守丹田"、"气沉丹田"。

2.易犯错误与纠正方法

（1）动作不连贯。初学者往往因动作不熟练，会出现拍与拍之间动作的脱节或断拍等现象。

纠正方法：①反复练习，较熟练地掌握好动作；②练扇时，先将拍与拍之间的动作连贯衔接好，逐步做到每式动作之间的连贯，最后达到全套路动作的连贯圆活。

（2）动作不协调。初学者经常出现上下肢不一致、左右手及转体动作不协调等错误。

纠正方法：①逐拍多练习，尽快学会并掌握好动作；②用口令指挥，喊1做1拍动作，直到连贯完整地完成全套动作的练习，逐步做到每拍动作练习时上下肢、左右手及转体等动作都能协调配合。

（3）神形分离，内外不合。

纠正方法：练扇时，要求在意识的引导下，通过眼神的随视和定式的注视，使意识、动作和呼吸三者协调配合，逐步做到"神形相合，内外合一"，并把此意识贯穿全套路的练习。

（4）节奏和乐感不好。动作与乐曲脱拍，配合不协调。

纠正方法：①多听音乐伴奏曲，熟悉乐曲的旋律和乐曲的特点，尽快学会动作并掌握好；②多练习配乐，先做到每拍动作与乐曲的配合，接着逐步做到每段动作与乐曲的配合，最后达到全套动作与乐曲的协调配合。

（二）三十八式木兰扇套路动作名称

预备式（并步持扇）

1.神龙昂首（并步推掌）

2.龙飞凤舞（蹬脚挥扇）

3.燕子探海（后抬腿开扇）

4.金龙穿心（右弓步架扇）

5.推云播雨（蹬脚虚步撩扇）

6.风卷残叶（蹬脚叉步摆扇）

7.神女挥扇（叉步开扇）

8.挥舞彩扇（转身云扇）

9.拨云见日（虚步抱扇）

10.彩云飘荡（后点步云扇）

11.犀牛别宫（后抬腿背扇）

12.仙人指路（前点步提扇）　　26.托云坐莲（坐莲托扇）

13.飞燕扑蝶（坐莲穿扇）　　　27.白蛇吐信（勾踢穿扇）

14.雨打樱花（坐腿合扇）　　　28.顽童探路（弓步背扇）

15.顺水推舟（虚步下摆扇）　　29.拨云见日（虚步上云扇）

16.凤凰展翅（踢腿上开扇）　　30.斜身照影（后点步推扇）

17.右倒卷珠帘（虚步背扇）　　31.书地断水（歇步合扇）

18.左倒卷珠帘（转身穿翻扇）　32.金龙出海（踢腿开扇）

19.美女献扇（侧点步开扇）　　33.平扫金光（叉步分扇）

20.雪浪翻滚（虚步前托扇）　　34.凤凰出巢（独立托扇）

21.敦煌飞壁（后抬腿开扇）　　35.喜鹊登枝（蹬脚翻扇）

22.仙童摘果（落步托扇）　　　36.外劈华山（虚步合扇）

23.雨打樱花（虚步合扇）　　　37.回头望月（歇步开扇）

24.推窗望月（后点步推扇）　　38.外劈华山（丁步合扇）

25.倒卷珠帘（虚步前落扇）　　收式（并步收扇）

（三）三十八式木兰扇套路图解与动作说明

预备式（并步持扇）

两脚跟靠拢，脚尖外展成八字步，两腿自然站立，右手握扇，扇顶朝下，两手自然垂于身体两侧，眼看前方。（图44）

口诀：右手握扇八字站。

动作要点：

（1）头颈正直，下颌微收。

（2）沉肩、垂肘、敛臀，立身中正，身体自然放松。

（3）心静，精神集中。

图44　预备式

（4）右手握扇柄松紧适中，扇顶朝下。

意气运用：

（1）从预备式开始就应在意识的引导下，专心习练。

（2）做动作时应采用深、长、细、匀的自然呼吸，运用好意气，逐步做到"意守丹田"。

易犯错误与纠正方法

（1）低头、仰面、左右歪斜、颈部肌肉紧张等。

纠正方法：①练扇时头部轻轻上顶，颈部肌肉放松；②下颌微收；③两眼平视前方。

（2）挺胸，因肩部紧张而向后或采用胸式呼吸。

纠正方法：①两肩放松，微向前合，两臂自然下垂；②采用自然呼吸或腹式呼吸。

（3）凹胸、驼背。过分追求含胸即成驼背。

纠正方法：强调含胸时两肩微向前合，上身保持自然正直。

（4）挺腹。

纠正方法：微收腹，平稳重心。

（5）右手握扇太紧或太松。

纠正方法：强调握扇松、紧适中，多做握扇的动作练习。

1.神龙昂首（并步推掌）

（1）身体微向左转，左臂同时自然伸直向左侧上方摆起，手心向下，高于肩平；右手握扇顶微向里扣，眼看左手（方向东南）。（图45）

口诀：左转侧举扇里扣（东南）。

（2）左臂屈肘坐腕，指尖朝上，掌根向外推出，眼看左手。（图46）

图45

图46

口诀：屈肘坐腕向外推。

（3）右手握扇不动，身体右转90°。同时左手心朝下，手腕外旋，手心向前随体转摆向右前方，掌心朝右，眼看右前方（方向西南）。（图47）

口诀：左掌右摆右转90°（西南）。

（4）右手握扇不动，身体左转45°。左臂同时屈肘坐腕，指尖向上，掌根略向前推出，手同于胸高，眼看前方（方向南）。（图48）

口诀：左手前推左转45°（南）。

动作要点：

（1）要求1~4的动作要协调、连贯地完成。

图47　　　图48

（2）第一和第三、第四这3个动作练习时，要求上下肢须协调配合，同时完成，并逐步做到身、扇协调一致。

（3）右手握扇柄，食指按压扇面小扇骨处，要做到松紧适中，既灵活又不掉扇。

（4）注意掌握好每个动作与音乐节奏的协调配合。

2.龙飞凤舞（蹬脚挥扇）

（1）两脚不动，左掌下落，两手心相对于腹前相抱。（图49）

口诀：左掌下落抱腹前。

（2）右扇上提至脸前，右臂内旋，手心向外、向上架起至额头前上方。左手同时摆至左胯前，眼随扇走。（图50）

口诀：右扇上提左摆掌。

（3）紧接上面动作，两脚不动。右手继续向外、向下划弧至身体左前下方，手心向上；左手同时向左、向上、向前划弧至右前臂上方，手心向下；眼看扇顶方向。（图51）

口诀：两手划弧抱腹前。

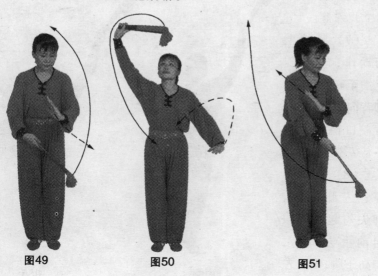

图49　　　　　　　图50　　　　　　　图51

（4）上体右转45°，右扇同时向右侧上方摆起，扇顶朝上；左手随右转身附于右扇前；两脚跟提起；眼看右扇（方向西南）。（图52）

口诀：握扇右举右转45°（西南）。

（5）两膝微屈、右脚跟着地，上体同时左转45°；左手落至胸前立掌；眼看前方（方向南）。（图53）

口诀：左转屈蹲左立掌。

（6）右腿支撑；左腿屈膝提起，脚尖自然下垂微内扣；眼看左前方。（图54）

口诀：右腿站立提左膝。

（7）紧接上面动作；左小腿上摆至腰高以上，脚背向上。（图55）

口诀：右脚不动左弹腿。

（8）上动不停；左腿挺膝，脚尖勾起，脚跟向前上方蹬出，脚高于胸；眼看左

图52　　　图53

图54　　　图55

脚方向。(图56)

口诀:上动不停前蹬脚。

动作要点:

(1)要求1~8的动作要连贯、不停顿地完成。

(2)从第一到第五个动作均要求上下肢须协调一致,同时完成。

(3)右手握扇要松紧适中,既不影响做动作,又不易掉扇。

(4)每个动作与音乐节奏要协调配合。

图56

(5)蹬脚属屈伸性腿法,做动作时膝关节要先屈后伸,要求屈膝先绷脚面,小腿上摆后勾脚尖向前上方45°蹬出,高度齐胸;蹬脚时支撑腿微屈膝,五趾用力抓地,稳住重心,保持平衡。

易犯错误与纠正方法

做前蹬脚时,容易出现摇晃、跳动,或附加支撑等重心不稳;以及蹬脚高度不够等错误。

纠正方法:①加强武术基本功中正压腿、正踢腿、高蹬腿和控腿练习,每种动作各做3~5组,每组做5~10次,每次做蹬脚动作须控住5~15秒不动;②初学者手可扶住固定物做前高蹬脚练习。

3.燕子探海(后抬腿开扇)

(1)左脚体前下落,脚跟着地。(图57)

口诀:左腿前落跟着地。

(2)左脚尖内扣45°,重心移至左腿,身体右转90°;右腿

提起向后落步，脚前掌着地；右手握扇同时下落，手心向上；左手按至腹前，手心向下；眼看前方（方向西）。（图58）

图57

图58

口诀：右转右退前落扇（西）。

（3）重心后移，右手握扇屈肘回收至腹前，扇顶朝左，手心向上；左手同时外旋虎口朝前经右手向前穿出；眼看左手。（图59）

口诀：后坐收扇穿左掌。

（4）重心前移，右脚后跟提起；左臂屈肘坐腕，左掌内旋至右胸前立掌；右手同时向前上方举起

图59

至头上，扇顶斜向后；眼看前方。（图60）

口诀：前移跟起扇上举。

（5）左腿支撑；右腿屈膝向后抬起，脚掌斜向上与臀同高；右手同时向前开扇；头向左转，眼看前方（方向西南）。（图61）

图60　　　　　　　图61

口诀：右腿后举前开扇（西南）。

动作要点：

（1）要求1~5的动作要求连贯、不停顿地完成。

（2）从第二到第五个动作均要求上下肢须协调一致，同时完成。

（3）每个动作须与音乐节奏协调配合。

（4）做后举腿开扇平衡时，要求支撑腿微屈站立，五趾用力抓地稳住重心，后抬腿时脚面绷平，用力后上举，脚底斜朝

上，脚高至臀；开扇时要用力甩腕把扇开尽，扇顶朝上。

易犯错误与纠正方法

（1）开扇不尽或开尽后又合拢。

纠正方法：①多练习向前甩腕发力开扇，每次开扇要彻底，展开后要停数秒以便检查开扇是否正确；②开扇时右拇指第一指关节与食指根应紧夹右大扇骨，右小指肚用力扣压左大扇骨，其余三指指肚轻压小扇骨，以保持整把扇的平衡和稳定。

（2）后举腿开扇时，出现摇晃、跳动、附加支撑以及后举腿达不到臀高标准的问题。

纠正方法：①加强武术基本功的后压腿、后摆腿和后控腿练习，每回练习做3~5组，每组做5~10次，每次做后举腿时应控住5~15秒不动；②初学者可手扶固定物做后举腿平衡练习。

4.金龙穿心（右弓步架扇）

（1）右脚向右前45°落步，脚跟着地。右手内旋，握扇微下按，手心向下，眼看扇（方向西南）。（图62）

口诀：右脚前落45°扇下按（西南）。

（2）上面动作不停，右手腕外旋，合扇于虎口中，手心斜朝上；眼看右手。（图63）

口诀：右手臂外旋合扇。

图62

（3）两脚不动，上体左转45°；右手心同时朝上，向左下

图63   图64

平摆至胸前，扇顶朝右侧；左手随转体附于胸前；眼看右扇顶前方（方向南）。（图64）

　　口诀：握扇左摆左转45°（南）。

　　（4）左手臂外旋，手心朝上，指尖向左侧经右前臂上向左侧穿出；身体同时向右转45°，右臂屈肘收至胸前，手心朝上，扇顶向左；眼看前方（方向西南）。（图65）

　　口诀：左手左穿右转45°（西南）。

　　（5）两脚不变，身体微向左转；同时扇顶经腹前向左穿至左腹前，手心朝上；左前臂内旋屈肘抱于左胸前，手心朝下与右扇相对；眼看右手。（方向南）（图66）

图65   图66

口诀：握扇左穿微左转（南）。

（6）重心右移，右腿屈膝半蹲，左腿自然伸直，同时身体右转90°，右前臂内旋上架至额头右前上方；左手立掌坐腕随之向前推出，微屈臂，掌根同胸高；眼看前方（方向正西）。（图67）

口诀：右转弓步架推掌（西）。

动作要点：

（1）要求1~6的动作要连贯、不停顿地完成。

图67

（2）第一和第三至第六个动作练习时，均要求上下肢与转身要协调一致，同时完成。

（3）每个动作要求与音乐节奏协调配合。

5.推云播雨（蹬脚虚步撩扇）

（1）上肢动作不变；右腿支撑，左腿屈膝提起；眼看前方（方向西）。（图68）

口诀：上肢不变提左膝（西）。

（2）上面动作不停；左小腿上摆至腰高，脚背向上；眼看左脚（方向西）。（图69）

口诀：上动不停前弹腿（西）。

（3）上面动作不停；左腿挺膝，脚尖勾起，脚跟向左前上方45°蹬出，脚高于胸；眼看左方（方向西）。（图70）

图68

图69

图70

口诀：脚尖勾起左蹬脚（西）。

（4）左腿向前下落，脚跟着地；两臂同时向右斜后下落至右腰侧，两手心均向下，扇顶向斜后方；眼看右手（胸向北）。（图71）

口诀:左脚前落手右摆(北)。

（5）左脚尖外展落地，重心左移；右脚向右前方45°上步，脚跟着地；左手同时向左上摆起至额头左前上方架掌，掌心向上；右手外旋，手心向上，由后向右脚前上方撩扇，手略高于肩，扇顶斜朝上，胸朝西南；眼看扇顶（方向西）。（图72）

口诀：左撇右上跟着地（西），

握扇前撩左架掌。

图71

动作要点：

（1）要求1~5的动作要连贯地完成，强调在做第三个蹬脚动作至最高点时，要稍控住，再继续完成。

（2）第四、第五动作练习时，要求上下肢协调配合，同时完成。

（3）每个动作须与音乐节奏协调配合。

（4）做左蹬脚时，支撑腿要微屈膝站立，五趾用力抓地；左脚勾脚尖用力向左前上方蹬出，脚高于胸，蹬至最高点动作要稍控住片刻。

图72

易犯错误与纠正方法

做蹬脚动作时，出现摇晃或蹬脚达不到胸高的问题。

纠正方法：①加强武术基本功侧压、侧踢和侧控腿练习，每回练习做3~5组，每组做5~10次，每次做侧蹬腿时应控住5~15秒不动；②初学者可手扶固定物做前蹬脚练习。

6.风卷残叶（蹬脚叉步摆扇）

（1）右脚尖内扣，重心移至右腿，身体向左后转180°；左脚尖同时外摆至左斜前方45°处；两手随转体向左平摆至体前；眼随右手走（方向东）。（图73）

口诀：右扣左撇左转180°（东），

两手左摆体右前。

图73

（2）重心移至左腿，右腿向前上步，脚跟着地，上体左转45°；左手心同时向外向后摆至腹前，右手臂屈肘收至腹前，扇顶朝左，眼看右前方（方向东北）。（图74）

口诀：右上步脚跟着地（东北），
　　　两手下摆收腹前。

（3）上肢动作不变，右脚尖外摆45°落地，重心前移至右腿（方向东）。（图75）

口诀：右撇45°重心前移（东）。

（4）右腿独立支撑；左腿屈膝提起，脚尖自然下垂；上肢动作不变；眼看前方（方向东）。（图76）

口诀：右腿支撑提左膝（东）。

图74

图75

图76

（5）上肢动作不变，上面动作不停；左小腿抬至腰高，脚背向上；眼看前方（方向东）。（图77）

口诀：上动不停左弹腿（东）。

（6）上肢动作不变；左腿挺膝，脚尖勾起，脚跟向前上方蹬出，脚高于胸；眼看前方（方向东）。（图78）

图77

图78

口诀：脚尖勾起前蹬脚（东）。

（7）上肢动作不变，左脚前落，脚跟着地；眼看前方（方向东）。（图79）

口诀：左脚前落跟着地（东）。

（8）左脚尖里扣，身体向右后转180°，重心移至左腿；右脚尖外摆至右前45°处落地；两手同时随转体向右后下方摆至体前，左手心斜向下，右手心朝上，扇顶朝斜下方；眼

图79

看右扇（方向西）。（图80）

　　口诀：左扣右撤右转180°（西），

　　　　　　两手右摆于体前。

　　（9）右脚尖外摆90°，右腿屈膝
上体右转90°，左脚跟离地提起；右
手同时向右后斜上方摆起，扇顶斜向
后上方；左手摆至右胸前立掌坐腕，
胸朝北；眼看扇顶（方向东北）。
（图81）

　　口诀：右腿屈膝体左转（东北），

　　　　　　扇掌向右斜上摆。

图80

（正图）

（该动作的正面示意）

图81

动作要点：

　　（1）要求1~9的动作要连贯，强调做第六个蹬脚动作时要
稍控住片刻再继续完成。

（2）第一、第二与第八、第九4个动作在练习时，要求上下肢协调配合，同时完成。

（3）每个动作须与音乐节奏协调配合。

（4）做左脚前蹬时，要求支撑脚微屈站稳，五趾用力抓地，蹬脚时用力勾脚尖，脚高于胸。

易犯错误与纠正方法

前蹬脚时，出现摇晃、跳动、附加支撑和蹬脚达不到胸高等错误。

纠正方法：①加强武术基本功的压腿、踢腿和控腿练习，每回练习做3~5组，每组做5~10次；每次做前蹬脚时应控住5~10秒不动；②初学者可手扶固定物做蹬脚练习。

7.神女挥扇（叉步开扇）

（1）左脚向前上步，脚跟着地，脚尖外撇约90°，落地后重心左移；右手同时向下、向前撩扇至肩平，手心朝上；左手附于右胸前立掌；眼看前方（方向西）。（图82）

口诀：左撇上步前撩扇（西）。

（2）右手腕上翘向里开扇，同时向左转头，眼看西南方向。（图83）

图82　　　　　　　　　　　　图83

口诀：右腕上翘里开扇（西南）。

动作要点：

（1）要求1~2的动作要连贯、不停顿地完成。

（2）第一、第二2个动作练习时，要求上下肢要协调配合，同时完成。

（3）每个动作要与音乐节奏协调配合。

8.挥舞彩扇（转身云扇）

（1）脚步不动；身体微左转，右手内旋，扇面翻转向下至腹前，扇顶朝左；左手臂同时外旋，手心向上，胸朝西南；眼看右扇。（图84）

口诀：左臂外旋扇下翻（西南）。

（2）右手以腕为轴平扇向内旋转至手心斜向下，胸朝西南。（图85）

图84   图85

口诀：握扇内旋掌向下（西南）。

（3）左腿蹬直；右腿提起经左腿前向左侧盖步，前脚掌着地；右手同时外旋抬至头上方，扇面翻向上，扇顶朝前；左手内旋，手心翻向下；头上抬，眼看扇面(胸朝南)。（图86）

口诀：右脚盖步左腿直（南），

握扇外旋头上方。

（4）脚步不变；右手继续向外、向下云扇转至身体右侧胯旁，扇顶朝里；左手向外、向上至额头左上方，胸朝南；眼看右手。（图87）

图86

图87

口诀：扇云右胯左手架（南）。

（5）两脚提起，以两脚掌为轴，身体向左后转180°；右手同时内旋平云扇至手心翻上，然后继续向左前旋转至脸前方，手心朝外，扇面朝外，扇顶朝左；左手外旋，掌心向内从体前下落至胸前，然后随体转向左上平带至左斜前方，略高于肩；身体继续左转135°，右脚向右前45°上步，脚跟着地，胸朝西南；眼看左前方。（图88）

图88

口诀：左转315°右上步，

　　　　内旋云扇于体前（西南）。

动作要点：

（1）要求1~5的动作要连贯、不停顿地完成。

（2）第一及第三、第四、第五这4个动作在练习时，应注意到左右手，上下肢与转体的协调配合，同时完成。

（3）每个动作要与音乐节奏协调配合。

9.拨云见日（虚步抱扇）

两脚动作不变；两手以腕为轴向前上右旋腕云扇，左手至左胸前，手心向下，微屈肘抱球；右手至腰侧前，手心向上与左手心上下相对，眼看两手（方向西）。（图89）

口诀：两手上云胸抱球（西）。

动作要点：

（1）要求动作连贯协调。

（2）强调左右手密切配合。

（3）要求动作与音乐节奏协调配合。

图89

10.彩云飘荡(后点步云扇)

右脚尖脚外撇45°落地，重心移至右腿；左脚跟抬起；两手同时以腕为轴，由右向左在面前云扇转至左胸前，手心均向右，扇顶朝左（云扇时头略抬起），胸向西；眼随视两手。（图90）

图90

49

口诀：右撇脚45°体前移，

两手左云左胸前（西）。

动作要点：

（1）要求与上面动作协调连贯。

（2）撇脚、前移重心与两手向左云转要协调配合，同时完成。

（3）动作与音乐节奏要密切配合。

11.犀牛别宫（后抬腿背扇）

（1）右腿支撑；左脚向前上一步，脚跟着地，身体同时微向右转，两手臂随转身略向右摆，胸向西北；眼看右扇。（图91）

口诀：左上右转扇右摆（西北）。

（2）左脚尖内扣90°，身向右后转180°，右脚抬起成右虚步；两手臂同时随转身向右平摆，右手摆于右腰后，手背向后，扇顶朝上，扇面朝后；左手摆至右肩前，手心朝内，眼看左手（方向东南）。（图92）

图91

图92

口诀：左扣右转180°虚步，

两手右摆扇贴腰(东南)。

（3）重心前移至右腿；左腿向后屈膝上抬，脚尖绷直，脚底与臀平；左手同时向下、向左弧形摆至额头左前上方，手心翻向上，指尖朝右；头向右转；眼看右侧前方（方向东南）。（图93）

口诀：左腿后举左架掌(东南)。

动作要点：

（1）要求1~3的动作要连贯、不停顿地完成。

图93

（2）这3个动作练习时，上下肢须协调配合，同时完成。

（3）动作必须与音乐节奏协调配合。

（4）做后抬腿练习时，要求支撑脚微屈站稳，五趾用力抓地；后举腿时要求脚背用力绷直，脚高于臀。

易犯错误与纠正方法

后举腿时，出现摇晃、跳动、附加支撑和后举腿达不到臀高的问题。

纠正方法：①加强武术基本功训练，如后控腿练习，每回做10~15次，每次控腿时应控住5~15秒不动；②初学者可手扶固定物练习后控腿。

12.仙人指路（前点步提扇）

（1）左脚向左前方落步，脚跟着地；右手同时下落经右胯旁，手臂外旋，手心向前方托起，高于肩平；左手下落，手心向下附于右前臂上；眼看前方（方向东）。（图94）

口诀：左脚前落扇前托（东）。

（2）左脚尖内扣，身体右转180°，右脚尖外摆至右前方45°落步，重心移至右腿，左脚跟离地；两手臂同时随转体向右平摆至右前上方，扇顶朝右脚尖方向，扇面斜向上；眼看扇顶前方（方向西）。（图95）

图94

图95

口诀：左扣右撇右转180°（西），

　　　两手右摆体前移。

（3）左脚向左前90°上步，脚前掌着地；右手摆至右上方，右手臂微内旋，扇面向左脚尖方向，扇顶朝上；左手向右下按掌至左腹前；眼看前方（方向西）。（图96）

口诀：左撇上步左虚步，

　　　握扇上摆左手按（西）。

（4）扇面略向前推，左手拉至左胯前，身体略左转朝西南，眼看前方。（图97）

图96

口诀：扇面前推左手按。

（5）右手腕上提内扣，扇顶向前，手心朝下；左脚掌同时略向后收成左前点步，眼看前方（方向西南）。（图98）

图97

图98

口诀：提扇扣腕左脚点（西南）。

动作要点：

（1）要求1~5的动作要连贯、不停顿地完成。

（2）这5个动作练习时，上下肢必须协调配合，同时完成。

（3）动作必须与音乐节奏协调配合。

13.飞燕扑蝶（坐莲穿扇）

右腿屈膝全蹲，左脚外侧向前擦地伸出成坐莲步；同时扇下穿经腹前顺左腿上向前穿出，手心向下；左手臂向左后上方摆起，手心斜向上，左右臂成斜直线；身体前俯，胸部靠近左腿，眼看扇顶前方（方向西南）。（图99）

口诀：右蹲左伸坐莲步，

前下穿扇左手摆（西南）。

动作要点：

（1）右腿屈膝全蹲与左腿外侧向前擦地伸出成坐莲步；右扇前下穿，上体前俯与左手臂向后摆起时，左右腿与左右手要求做到协调配合，同时完成。

（2）坐莲步后腿脚前掌着地屈膝全蹲，臀部坐于小腿上；左腿伸直，脚掌外侧

图99

易犯错误与纠正方法

练习坐莲步动作，出现摇晃、附加支撑、倒地以及后腿坐不下、前伸不直等问题。

纠正方法：①初学者可手扶固定物做单腿屈蹲起立和正式做坐莲步练习；每回练习3~5组，每组做5~10次；②直接练习坐莲步，每回练5~10次，每次动作应控住5~15秒不动。

着地，膝腘贴于支撑腿膝关节内侧，维持动作平衡。

14.雨打樱花（坐腿合扇）

（1）右脚蹬地向前上步，脚跟着地，同时两手臂下落至体前，手心相对，身体左转45°，眼看前方（方向南）。（图100）

口诀：右脚上步臂下落（南）。

（2）右脚尖内扣，身体左转，重心右移；左手同时微上

图100

提，手心向下；右手摆至腹前，手心朝里，眼随视两手（方向东）。（图101）

口诀：左转右移扇前摆（东）。

（3）右脚支撑；左脚向右腿后方插步，脚前掌着地，身体左转45°；左手同时向左摆至体后，手背贴于左腰上，眼看前下方(方向东北)。（图102）

口诀：左手贴腰左后点（东北）。

（4）重心后移，左腿屈膝半蹲成右虚步，身体右转；右手同时外旋，向右后下方合扇于虎口中，扇顶斜向下，眼看扇顶方向（方向东南）。（图103）

图101

图102

图103

口诀：右转后坐右虚步（东南），

　　　握扇外旋后合扇。

动作要点：

（1）要求1~4的动作要连贯、不停顿地完成。

（2）这4个动作练习时，要求上下肢协调配合，同时完成。

（3）要求动作与音乐节奏协调配合。

15.顺水推舟（虚步下摆扇）

（1）重心前移，左脚跟离地；同时右手握扇向体前摆起，扇顶向前划弧至体前，眼看扇前方（方向东）。（图104）

口诀：握扇前举体前移。

（2）重心后坐，左膝微屈；右手同时向下、向右划弧至身体右侧下方，扇顶斜向下；左手不动，眼随扇走，定式看扇顶（方向东）。（图105）

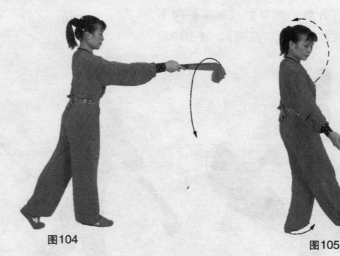

图104   图105

口诀：扇右下摆体后坐。

动作要点：

（1）要求1~2的动作须连贯、不停顿地完成。

（2）这两个动作练习时，要求上下肢必须协调一致，同时完成。

（3）动作必须与音乐节奏协调配合。

16.凤凰展翅（踢腿上开扇）

（1）右脚尖内扣，重心右移，身体左后转；右手腕同时内旋，扇顶向前、向下、向后摆至右后下方，手心向上；左手随左转身向左上方摆掌，手心向右；眼看前方（方向西北）。（图106）

口诀：右扣左转体前移，

握扇下伸左摆手（西北）。

（2）右腿独立支撑；左腿勾脚尖向前上方踢起，脚高于腰；左手同时向下、向后摆至身体左侧，手心斜向上；右手向上摆至额头前上方，向左脚方向开扇，扇顶朝前；眼看前方（方向西北）。（图107）

图106

图107

口诀：左勾脚尖前上踢，

头前开扇手下摆（西北）。

动作要点：

（1）两个动作要求连贯、不停顿地完成。

（2）这两个动作练习时，要求上下肢必须协调配合，同时完成。

（3）每个动作必须与音乐节奏协调配合。

易犯错误与纠正方法

前踢腿时，出现摇晃、跳动、附加支撑以及踢腿达不到腰高的问题。

纠正方法：①加强武术基本功前踢和前控腿练习，每回做10~15次，每次前踢腿时要求控住10~15秒不动；②初学者可手扶固定物练习前踢和前控腿；③做前踢动作时，要求支撑腿微屈膝站稳，五趾用力抓地，以保持重心的稳定。

17. 右倒卷珠帘（虚步背扇）

（1）左脚体前下落，脚跟着地，脚尖外展；右手臂同时内旋，手心向下按扇至腹前；左手心向上，向左斜后方摆起；眼看扇（方向西）。（图108）

口诀：左落外展扇下按（西）。

图108　　　　　　　　　　　　　　　　图109

（2）重心前移，右脚跟抬起；右手同时外旋，手心向上；左手向前摆至胸前，手心向下（方向西北）。（图109）

口诀：前移跟起扇外旋。

（3）右脚向前上步，脚跟着地；左手同时下按至腹前；右手扇骨经左手背上向前穿出，高于肩平；眼看前方（方向西北）。（图110）

口诀：右脚上步扇前穿（西北）。

图110

（4）右脚尖外撇90°，身体随之右转90°，重心右移；左脚随转体向前上步，脚跟着地；右手臂同时内旋，手心翻向下，扇面按至腹前；左手心向上，虎口朝前经右手背上向前穿出，高与肩平；眼看左手前方（方向东北）。（图111）

口诀：右转右移左盖步（东北）。

（5）左脚尖里扣，身体微右转，重心左移；右脚向前45°

图111

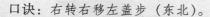

图112

上步，脚跟着地；两手同时微内旋，手心向右平摆，扇面朝右；眼看前方（方向东）。（图112）

口诀：左扣右上手右摆（东）。

（6）右脚外撇45°落地，身体右转90°，重心移至右腿；左脚向前上步，脚跟着地；两手同时随转向右平摆，右手摆至右腰背后，手背贴于右腰上，手心朝外；左手摆至右胸前，胸朝南；眼看右侧前方。（图113①②）

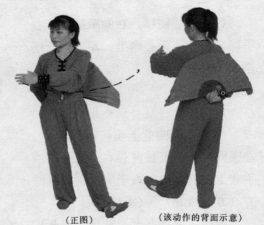

（正图）　　　（该动作的背面示意）

图113

口诀：右撇右转左上步（南），扇摆贴背左手摆。

（7）脚步不变，上体微左转，左手向左平摆至体左侧，胸朝东南；眼看左手（方向东南）。（图114）

图114

口诀：左手左摆体左转（东南）。

动作要点：

（1）要求1~7的动作必须连贯、不停顿地完成。

（2）从第一到第七个动作练习时，要求上下肢及转体必须协调配合，同时完成。

（3）每个动作必须与音乐节奏协调配合。

18. 左倒卷珠帘（转身穿翻扇）

（1）左脚尖外撇90°落地，身体同时左转45°，左手内旋，手心朝外立掌向前推出，胸向东，眼看左手。（图115）

口诀：左撇左转左推手（东）。

（2）左腿支撑；右脚向前上步，脚跟着地；左手同时下按至腹前；右手由后向前提至腹前，手微外旋，手背向上，扇骨尖向前上穿出，略高于肩；眼看前方（方向东北）。（图116）

口诀：左脚上步扇前穿（东北）。

（3）右脚尖内扣，身体左转90°，重心右移，左脚跟离地向内拧转；右手同时内旋，手心朝下按至腹前；左手外旋，手心向上，虎口朝前，经右手背向前方穿出，高与肩平；眼看前方（方向西北）。（图117）

图115

图116

图117

口诀：右扣左转左虚步（西北），

翻扇下按穿左手。

动作要点：

（1）要求1~3的动作须连贯、不停顿地完成。

（2）第一到第三个动作练习时，上下肢须协调配合，同时完成。

19. 美女献扇（侧点步开扇）

（1）右腿支撑；左脚前掌向外弧形扫至左后方，脚尖斜向外，身体左转90°；左手同时外旋，手心斜向外；右手外旋，虎口朝上，两手随转体微向左平摆；眼看前方（方向西南）。（图118）

口诀：后扫左转手左摆（西南）。

图118

（2）重心左移，右脚向右45°上步，脚跟着地；左手同时摆至左腰后，手背贴于左腰上；右手摆至体左侧，扇顶朝左，上体左转45°；眼看左前方（方向南）。（图119）

口诀：右脚上步跟着地（南），

左手贴背扇左摆。

（3）右手向上、向右划弧至体右侧合扇，扇与胸平；眼看扇顶（方向南）。（图120）

图119

口诀：握扇向右侧合扇（南）。

（4）重心前移，左脚跟离地；右手同时上举至头右上方，扇顶斜向后，胸朝南；眼看前方。（图121）

图120

图121

口诀：前移跟离扇上举。

（5）右手向右方开扇，扇顶朝前；眼看前方（方向南）。（图122）

口诀：上动不停前开扇（南）。

动作要点：

（1）要求1~5的动作要连贯、不停顿地完成。

（2）第一、第二、第四这3个动作练习时，要求上下肢必

图122

须协调一致，同时完成。

（3）每个动作均要与音乐节奏协调配合。

20. 雪浪翻滚（虚步前托扇）

（1）左脚跟向内拧转，身体同时左转90°，右手外旋，手心向上，随转体摆至体右侧；左手向左侧抬起，摆至体左侧，手心向下，高与肩平，眼看前方（方向东）。（图123）

口诀：左跟内转左转90°，

扇摆右侧左抬手（东）。

（2）左脚跟继续拧转落地，重心前移；右脚跟离地；身体同时左转，右手向前平摆；眼看右扇（方向东北）。（图124）

图123

图124

口诀：右跟离地扇前摆（东北）。

（3）右脚向左脚内侧上步，脚跟着地；两臂同时屈肘内合，两手心朝内，在面前交叉成十字手，右手在内，左手在外，扇顶朝上；眼看扇面（方向北）。（图125）

口诀：右上左转十字手（北）。

（4）右脚尖内扣，身体左转45°，两手内旋，手心向下；

眼看前方（方向西北）。（图126）

口诀：右扣左转臂内旋（西北）。

（5）右腿支撑微屈；左脚向右脚后侧插步，脚前掌着地；两手心同时向外平行拉开，扇顶朝左，高于肩；眼看右扇（方向北）。（图127）

图126

图127

(正图)　　　(正面示意)

图125

口诀：两手平开左插步（北）。

（6）两手心向体右侧下按（方向北）。（图128）

口诀：两手向右侧下按（北）。

（7）重心移至左腿，右脚掌离地成右虚步，身体左转135°；

两手心同时向前上托起，右手平扇，高与肩平，左手随转体上架于额头左前上方，手心斜向上，胸朝西南，眼看前方（方向西南）。（图129）

图128

图129

口诀：左转后坐右虚步（西南），

右扇平托左架掌。

动作要点：

（1）要求1~7的动作须连贯、不停顿地完成。

（2）第一到第五以及第七个动作练习时，必须上下肢协调配合，同时完成。

（3）要求7个动作与音乐节奏协调配合。

21. 敦煌飞壁（后抬腿开扇）

（1）右脚尖里扣，身体左后转

图130

135°，左脚跟离地向内拧正；右手同时内旋，手心朝左，两手向左平摆；眼看前方（方向东）。
（图130）

　　口诀：右扣左转左虚步，

　　　　　握扇内旋手左摆（东）。

　　（2）右手继续向左合扇至左
虎口中，眼看右扇（方向东）。（图
131①②）

　　口诀：继而向左侧合扇（东）。

　　（3）重心前移，右腿屈膝提
起，脚尖自然下垂，眼看前方
（方向东）。（图132）

　　口诀：左腿支撑提右膝（东）。

（正图）　　　　　（正侧面示意）

图131

　　（4）右小腿上抬，脚背向上，高于腰；眼看前方（方向
东）。（图133）

图132

图133

口诀：上动不停右弹腿（东）。

　　（5）上面动作不停；右腿挺膝，脚尖勾起，脚跟向前上方

蹬出；眼看前方（方向东）。（图134）

口诀：脚尖勾起前上蹬（东）。

（6）右腿体前下落，脚跟着地；眼看前方（方向东）。（图135）

图134

图135

口诀:右脚前落跟着地(东)。

（7）重心前移；两手向上抬起，扇顶朝前，手高于肩，左手按于扇骨上；眼看前方（方向东）。（图136）

口诀：前移跟起手前抬。

（8）重心后移；上体右转右手下摆至右斜后下方，扇顶斜向下，手心向前；左手向左前上方伸直，手心斜向下，胸向东南；眼看扇顶。（图137）

图136

口诀：右扇下摆体后坐。

（9）重心前移，左脚跟离地，胸向东南，眼看左手。（图138）

图137

图138

口诀：前移跟离看左手（东南）。

（10）右腿独立支撑；左腿屈膝向后上抬起，脚掌朝上，高与臀平；左手同时向上翻转，掌心向上；右手平行开扇，头向右转，胸向东南；眼看右手。（图139）

口诀：左腿后举平开扇（东南）。

动作要点：

（1）要求1~10的动作必须连贯、不停顿地完成。

（2）在这10个动作练习时，要求上下肢动作与左右手必须配合协调，同时完成。

图139

（3）每个动作必须与音乐节奏协调配合。

（4）练习后举腿开扇时，要求支撑腿微屈站立，五趾用力抓地；后举腿的脚面绷平，向后上举，脚底斜向上，脚高至臀。

易犯错误与纠正方法

后举腿时出现摇晃、跳动、附加支撑以及后举腿达不到臀高的现象。

纠正方法：①加强武术基本功的后举腿、后控腿练习，每回做3~5组，每组做5~10次；做后控腿练习时要控住5~15秒不动；②初学者可手扶固定物做后举腿练习。

---

22. 仙童摘果（落步托扇）

左脚向前落步，脚前掌着地；右腿微屈；右手心同时朝上，平扇向前方托起，手同肩高；左手心向下落于右腕上；眼看前方（方向东）。（图140）

口诀：左落虚步前托扇（东）。

动作要点：

左脚前落步与右握扇向前上方托起须协调一致，同时完成。

23. 雨打樱花（虚步合扇）

图140

（1）左脚跟内拧落地，身体左转45°（东北）；右脚向体前上步，脚跟着地；右手腕同时内旋翻扇至脸前立扇，扇顶朝上，扇面朝前略向前推；左手落于右胸前立掌，肘微屈；眼看前方（方向东北）。（图141）

口诀：跟转左转45°右上步，

内旋翻扇略前推（东北）。

（正图）　　　　　　　　　　（该动作的正面示意）

图141

（2）右脚尖里扣，身体左转180°，重心右移；左脚向右腿后插步，脚前掌着地；两手心同时向下摆至体前，手心斜向下；眼随视右手（方向西南）。（图142）

　　口诀：右扣左转180°左插步，

　　　　　　两手下摆至体前（西南）。

（3）重心后移成右虚步；身体右转，右手同时外旋翻扇成手心朝上，向右斜后下方合扇，扇顶斜向下；左手向上摆至额

图142　　　　　　　　　　图143

头左前上方翻手亮掌，手心斜朝上；眼看右方（方向西北）。（图143）

　　口诀：重心后坐右虚步，

　　　　　　右下合扇左亮掌（西北）。

　　动作要点：

　　（1）要求1~3的动作须连贯、不停顿地完成。

　　（2）这3个动作练习时，上下肢及转身动作须协调配合，同时完成。

　　（3）每个动作要求与音乐节奏协调配合。

24. 推窗望月（后点步推扇）

　　（1）重心移至右腿，左脚向左前45°上步，脚跟着地；左手同时下落至右胸前立掌，手心朝右；右手平开扇，扇骨贴至右前臂，手高与肩平；眼看右扇（方向西北）。（图144）

图144

　　　　口诀：左前上步左虚步（西北），

　　　　　　　左按胸前右开扇。

　　（2）左脚外撇90°，身体左转90°，重心移至左腿，右脚离地；两手臂同时随转体向左平摆；眼随视右手（方向西南）。（图145）

　　　　口诀：左撇左转右跟离（西南），

　　　　　　　两臂向左齐平摆。

　　（3）右脚向右前方上步，脚跟着地；两手同时向左摆，左手至左胸前立掌，手心斜向右；右

图145

手至额头右前上方，手心朝外，扇顶朝左；眼随手走（方向东南）。（图146）

口诀：右前上步左转45°，

两手左摆前上方（东南）。

（4）重心前移，左脚跟离地；身体同时微向右转，两掌向下经体前向右前方推掌；眼看前方（方向西南）。（图147）

口诀：前移右转前推掌（西南）。

图146

图147

动作要点：

（1）要求1~4的动作必须连贯、不停顿地完成。

（2）这4个动作练习时，上下肢以及转身等须协调一致，同时完成。

（3）每个动作要与音乐伴奏曲协调配合完成。

25. 倒卷珠帘（虚步前落扇）

（1）右腿支撑；左脚摆至体后方，脚前掌着地；右手同时外旋，手心向上，右扇向下平落至胸前；左手下按至腹前；

眼看前方（方向南）。
（图148）

口诀：左脚后点扇
前落（南）。

（2）紧接上面动作；
重心移右，成左虚步；
右手下落至腹前；左手
外旋，手心向上，虎口
朝前经右手心上向前穿
出，高与肩平；眼看前
方（方向南）。（图149）

口诀：左脚虚步左
穿掌（南）。

动作要点：

（1）要求1~2的动作须连贯、不停顿地
完成。

（2）这两个动作练习时，上下肢要
求协调配合，同时完成。

（3）每个动作必须与音乐节奏协调
配合。

26. 托云坐莲（坐莲托扇）

（1）右脚内扣135°，身体左后转
180°，重心移至右腿，左脚跟离地向内
拧正；右手腕同时内旋向右翻转至额头
右上方，扇顶朝左，扇面平；左手内旋，
手心向下，随转体向下摆至左胯旁；眼
看前方（方向北）。（图150）

图148　　　　　图149

图150

口诀：右扣左转移左腿（北），

　　　　翻扇上举左按胯。

（2）右腿屈膝全蹲；左腿向前自然伸直、膝腘贴于右膝盖内侧，脚外侧着地；左手背向左腰后，手背贴至左腰上，胸向北；眼看前方。（图151）

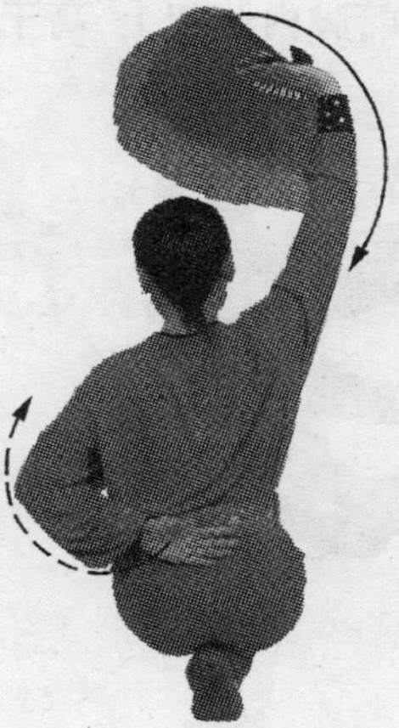

口诀：右蹲坐莲手贴背（北）。

动作要点：

（1）要求1~2的动作须连贯、不停顿地完成。

（2）这两个动作练习时，上下肢须协调一致，同时完成。

图151

（3）每个动作必须与音乐节奏协调配合。

（4）坐莲步，后腿脚前掌着地屈膝全蹲，臀部坐于小腿上；左腿伸直，外侧着地，膝腘贴于支撑腿膝关节内侧，维持动作平衡。

易犯错误与纠正方法

做坐莲步动作时，出现摇晃、跳动和附加支撑等错误。

纠正方法：①加强腿功柔韧性和力量的练习；②初学者可在同伴帮助下做单腿屈蹲起立练习和坐莲步练习，以提高腿部柔韧性和力量，每回练习3~5组，每组做5~10次；在做坐莲步时，要求每次要控住5~15秒不动。

27. 白蛇吐信（勾踢穿扇）

（1）两腿蹬地站起，身体微左转；左手向前上方摆至左肩前，手心朝下；右手向下、向左前方撩起，手心向上，高与胸平，与左手心相对成抱球状；右腿同时由后向左前方摆起，脚

尖外展,脚内侧朝上,高于左膝;眼看前方(方向西北)。(图152)

图152

图153

口诀:左上右下抱胸前,

右腿向左前方摆(西北)。

(2)身体右转135°;右脚向右侧落步,脚跟着地;两手随转体向右平摆,眼看前方(方向东)。(图153)

口诀:右落右转手右摆(东)。

(3)右脚外撇45°,身体右转90°。重心右移;左脚向前上步,脚跟着地,脚尖外撇;同时右手内旋,手心向左,随上步摆至右侧,扇面朝前;左手摆至腹前;眼看左手(方向南)。(图154)

口诀:右撇右转左上步(南),

图154

同时两手向右摆。

（4）重心前移，左腿屈膝半蹲；右腿自然蹬直，脚跟离地；左手同时经小腿前向左侧下方摆掌，手心向下，指尖斜向下；右手随左转体向右侧上方伸直，扇面朝下，扇顶斜朝上方，胸向东南；眼看左手。（图155）

图155

口诀：左腿屈膝右跟起（东南），

右上左下斜分掌。

（5）左腿蹬直，身体直立微左转，右脚向左脚前盖步，脚掌着地；两臂前后成斜线，手心均向下；眼看前方（方向东）。（图156）

口诀：前后斜举右盖步（东）。

（6）重心右移，左脚向左前上步，脚前掌着地；右臂同时

图156

图157

下落屈肘，右手收至右胯旁，手心
向上，扇顶朝前；左手上抬；眼看
前方（方向东）。（图157）

口诀：左上虚步扇下摆（东）。

（7）左脚跟内拧落地，身体左
转45°左腿支撑微屈膝；右脚尖勾
起，由后向前上方擦地勾踢；左手
同时上架至头上方，手心斜向上；
右扇顶向前上穿出；眼看扇顶方向
（方向东北）。（图158）

口诀：右穿左架右勾踢（东北）。

动作要点：

（1）要求1~7的动作须连贯、不停顿地完成。

（2）每个动作练习
时，要求上下肢和转身
须协调配合。

（3）每个动作必须
与音乐节奏协调配合。

图158

28. 顽童探路（弓步背扇）

（1）右脚跟落于
左脚前，脚尖内扣，身
体左转180°，重心右
移；左脚尖外撇，然后

图159

左脚抬起向左侧90°落步，脚跟着地；左手同时随转体向左下摆
至腹前；右手内旋，手心向下，随转体下按至体右侧，眼看扇
（方向西南）。（图159）

口诀:落脚里扣左转180°,

　　　　左脚侧步右按扇(西南)。

(2)左脚尖外撇,左腿屈膝半蹲;同时身体左转180°,右腿伸直,脚跟离地;右手腕同时上翘,手心向内贴于腰背后;左手摆至左前上方,虎口朝上,手心斜向上;眼看左手(方向东北)。(图160)

口诀:左转左弓右跟起(东北),

　　　　扇背后腰左上摆。

图160

动作要点:

(1)两个动作必须连贯、不停顿地完成。

(2)每个动作练习时,上下肢与转体须协调配合,同时完成。

(3)每个动作要求与音乐节奏协调配合。

29. 拨云见日(虚步上云扇)

(1)上体右转,右手由后向前弧形摆起,手心斜向下;左手心向下落于右前臂上;眼随视两手(方向东)。(图161)

口诀:握扇前摆左手按(东)。

(2)左腿支撑;右脚向前上步,脚跟着地;右手内旋,手心翻向外,以腕为轴由左向右在头前上方云转一圈至手心朝上,扇顶朝前,扇面平;眼看前方(方向东)。(图162)

图161

口诀：右脚上步头上云（东）。

动作要点：

（1）要求两个动作要连贯、不停顿地完成。

（2）每个动作练习时，要求上下肢须协调配合，同时完成。

（3）每个动作要与音乐节奏协调配合。

图162

易犯错误与纠正方法

动作不协调。

纠正方法：做第二个动作时，右上步要与右云扇协调一致，云扇要以腕为轴，同时完成动作。

---

30. 斜身照影（后点步推扇）

（1）右脚尖外撇45°落地，重心前移；左腿屈膝提起，脚尖自然下垂；两手同时上托于面前；眼看前方（方向东南）。（图163）

口诀：左膝提起扇上托（东南）。

（2）左小腿向右前45°摆起至腰平；眼看前方（方向东南）。（图164）

口诀：左腿前弹至腰平。

（3）上面动作不停；左脚尖勾起，脚跟向前方蹬出，脚高于胸；眼看前方（方向东南）。（图165）

口诀：.脚尖勾起前上蹬（东南）。

（4）左脚向前落步，脚跟着地，脚尖外撇，两膝微屈；右

图163

图164

图165

手腕同时向内云扇至手
心朝外，左手下落至胸
前立掌；眼看左前方
（方向东）。（图166）

口诀：向内云扇左
脚落（东）。

（5）两膝蹬直，重心
前移，上体微左转，右脚
跟离地；两手同时向前
上方推掌；眼看左下方
（方向东北）。（图167）

口诀：前移跟起手
上推（东北）。

动作要点：

图166

图167

（1）要求1～3的动作须连贯，到第三个蹬脚动作达最高点
时，要求稍控片刻。

（2）每个动作练习时，要求上下肢协调配合，同时完成。

（3）提膝、绷脚面、挺膝、勾脚、蹬脚要连贯，支撑脚微屈站稳，五趾用力抓地，稳住重心。

（4）每个动作要与音乐节奏协调一致。

31. 书地断水（歇步合扇）

（1）右手心微下按；左手同时摆至左胯旁，手心斜向下；眼看扇（方向东北）。（图168）

口诀：左摆胯旁扇微按（东北）。

（2）右脚经左脚前向左侧盖步，脚前掌着地；身体同时左转180°，左脚跟内转；两手随转体向前托起，左手架至额头左前上方，右手心向上，扇顶朝前，高与肩平；眼看前方（方向西南）。（图169）

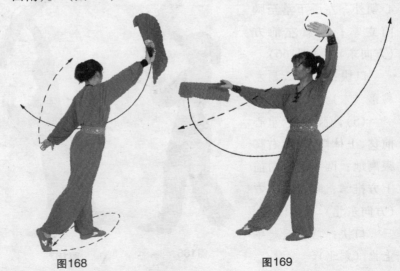

图168　　　　　　　　　　　　图169

口诀：右脚盖步左转180°（西南），
　　　握扇前托左架掌。

（3）重心前移，左脚跟离地，身体右转90°；左手同时外

旋，手心向上，下落至体左侧；右手向下、向后、向上摆至头右侧上方，手心斜向上，扇顶斜向上；眼看扇顶方向（方向西北）。（图170）

图170

口诀：前移跟起右转90°（西北），
　　　两手齐摆前后分。

（4）左脚向前上步，脚尖外撇，身体微左转，重心前移；右脚跟离地；左手臂同时向后上摆起，手心向上；右手向前下按扇至腹前，手心向下；眼看前方（方向西）。（图171）

口诀：左上前移后跟起，
　　　握扇前按左后摆（西）。

（5）重心后移，同时扇面收至腹前，右手心朝内；左手摆至

图171

额头左前方翻掌，掌心向上；眼看前方（方向西）。（图172）

口诀：左架收扇体后坐（西）。

（6）右手上提至胸前，手腕外旋向前伸臂合扇，手心向上，高与肩平；两腿同时屈膝全蹲成歇步，臀部坐于右小腿上；眼看前方（方向西）。（图173）

图172

图173

口诀：前伸合扇蹲歇步（西）。

动作要点：

（1）要求1~6的动作要连贯、不停顿地完成。

（2）每个动作练习时，要求上下肢协调一致，同时完成。

（3）每个动作要求与音乐节奏协调配合。

32. 金龙出海（踢腿开扇）

（1）两脚蹬地站起，右脚向右前45°上步，脚跟着地；左手臂

图174

同时向前下摆至体前，手心向下；右手向
下摆至体后，扇顶斜向下；眼看前方（方
向西北）。（图174）

　　口诀：右脚上步跟着地，

　　　　　　握扇后摆左手按（西北）。

　　（2）重心前移，右腿独立支撑，左脚
勾脚尖向前上方踢起，脚高于腰；左手同
时下摆至左胯旁；右手向前上方抢摆开扇，
扇顶朝前；眼看前方(方向西北)。（图175）

　　口诀：勾脚前踢抢开扇（西北）。

动作要点：

图175

　　（1）要求两个动作要连贯完成，在
勾脚踢起达最高点时要稍停片刻。

　　（2）每个动作练习时，要求上下肢须协调一致，勾脚踢起
与抢开扇须同时完成。

　　（3）勾脚踢起的高度要过腰，支撑腿须微屈站稳，五趾用
力抓地，以保持重心的稳定。

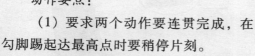

━━━ 易犯错误与纠正方法 ━━━

　　勾脚踢起时，出现摇晃、跳动、附加支撑以及踢脚达不
到腰高等错误。

　　纠正方法：①加强踢腿、控腿等基本功练习，每回做3~
5组，每组5~10次；每次练勾踢腿时应控住5~15秒不动；②
手扶固定物做勾脚尖踢起和同时勾踢与开扇的练习，每回做
3~5组，每组5~10次。

33. 平扫金光（叉步分扇）

　　（1）左脚向前落步，脚跟着地，脚尖外撇；左手同时外旋，

手心向上托至体前；右手外旋，手心向上，下落至体前，扇顶朝前，两手平行，与肩同宽；眼看前方（方向西）。（图176）

口诀：左前落步扇下落（西）。

（2）重心前移，右脚向前上步，脚跟着地，身体左转45°；两臂同时屈肘收至腹前，两腕内旋向体两侧分开平举，胸向西南；眼看扇顶前方。（图177）

图176

图177

口诀：两手侧举右上步（西南）。

（3）右脚内扣约45°，身体左转45°；两手背同时斜向内合至胸前，手心朝外，指尖相对；眼看扇面（方向南）。（图178）

口诀：右扣左转45°（南），
　　　　手背向内合胸前。

（4）右脚尖内扣，右腿支撑；左脚向右后插步，前脚掌着地，重心后

图178

移；两手同时向外撑开至肩前，臂微屈；眼看前方（方向东南）。（图179）

口诀：右扣左插外撑手（东南）。

动作要点：

（1）要求1~4的动作须连贯、不停顿地完成。

（2）每个动作要求上下肢协调配合，同时完成。

（3）每个动作须与音乐节奏协调配合。

34.凤凰出巢（独立托扇）

（1）两手向外、向下划弧，手腕略外旋成手心朝前；眼看前方（方向东南）。（图180）

图179

口诀：两手向外下划弧（东南）。

（2）右脚跟微内转，重心前移，左腿屈膝提起；两手同时向前上方托起，手心向上，扇顶朝前，高于头；眼看前方（方向东南）。（图181）

图180

图181

口诀：两手上托提左膝（东南）。

动作要点：

（1）两个动作须连贯，手脚须协调配合，同时完成。

（2）提膝时，要求膝尽量提高，脚尖自然绷直，支撑腿微屈膝站立，五趾用力抓地，保持重心稳定。

易犯错误与纠正方法

提膝平衡时出现摇晃、跳动、附加支撑以及提膝未过水平等错误。

纠正方法：①加强压腿、踢腿、控腿等武术基本功练习；②手扶支撑物做提膝平衡练习，每次练习要求控5~10秒不动；然后不用手扶做提膝平衡练习，每回做5~10次，每次控5~15秒。

---

35. 喜鹊登枝（蹬脚翻扇）

（1）身体微右转；右手同时向下、向后摆至体右方，手心朝前，扇顶朝下；左手心向下按于右肩前成立掌，胸向南；眼

图182　　　　　　　　　　图183

看左手（方向南）。（图182）

口诀：扇下后摆左立掌（南）。

（2）左脚尖勾起向右45°前方挺膝蹬出，脚高与胯平；左手同时向前下摆至左胯旁按掌；右手摆起至额头右前上方翻扇，手心朝上，扇顶朝左45°方向；眼看左前方（方向西南）。（图183）

口诀：右摆左按左蹬脚（西南）。

动作要点：

（1）两个动作练习时，上下肢须协调配合，同时完成。

（2）蹬脚须挺膝勾脚尖，力达脚后跟，高与胯平；支撑腿微屈站立，五趾用力抓地，保持重心稳定。

易犯错误与纠正方法

蹬脚时，出现摇晃、跳动、附加支撑以及蹬脚高度达不到胯高等错误。

纠正方法：①加强前压腿、前踢腿和前蹬控腿练习，提高腿部力量和柔韧性；②手扶支撑物做前蹬脚练习和独立前蹬脚练习，每次蹬脚要求控住5~15秒不动。

---

36. 外劈华山（虚步合扇）

（1）右腿微屈，左腿向右脚前落步，脚跟着地；眼看前方（方向西南）。（图184）

口诀：右腿微屈左脚落（西南）。

（2）左脚尖外撇90°，身体左转45°，重心移至左腿，膝微屈，右脚跟离地；同时左手向外向上摆至左胸前，手心向下；右手向前下落至腹前，手心朝内，扇顶朝下，眼看右手（方向南）。（图185）

图184

89

口诀：左撇左转扇前落（南）。

（3）右脚向左前45°上步，脚跟着地；身体同时左转90°；右手经左手臂内上提至脸前，手心向内，扇顶朝左，紧接着向前上方合扇，扇顶斜向上；左手在右胸前立掌；眼看扇顶方向（方向东）。（图186）

图185   图186

口诀：右脚上步左转90°（东），

向上合扇左立掌。

动作要点：

（1）要求1~3的动作要连贯地完成。

（2）做第二和第三练习时，要求上下肢及转体须协调一致，同时完成。

（3）每个动作要求与音乐节奏协调配合。

37. 回头望月（歇步开扇）

（1）右脚内扣，左脚尖外撇，身体左转180°；左手同时向下摆至左胯旁，右手随转身微向前摆，眼看前方（方向西）。

（图187）

口诀：右扣左撇左转180°（西），

握扇前摆左按掌。

（2）两腿屈膝全蹲成左歇步；左手同时向外、向上摆至肩前上方；右手向左腿前下落，手心向内，扇顶斜向下；眼看前方（方向西）。（图188）

图187

图188

口诀：落扇提手蹲歇步（西）。

（3）上体左转微向右倾，左手下落至右胸前立掌，右手上摆至头右上方开扇，向左转头；眼看左前上方（方向西南）。（图189）

口诀：向上开扇左立掌（西南）。

动作要点：

（1）要求1~3的动作必须连贯，一气呵成。

（2）这三个动作练习时，上下肢要

图189

协调配合,同时完成。

（3）每个动作要与音乐节奏协调配合。

38. 外劈华山（丁步合扇）

（1）两脚站起，身体右转，重心前移；右手同时内旋，手心向下落至胸前，扇顶朝前；左手附于右前臂上；眼看前方（方向西）。（图190）

口诀：站起右转翻扇落（西）。

（2）右脚向前上步，脚跟着地；右手同时向下收至腹前，手心向内，扇顶朝下；左手心朝下；眼看前下方（方向西）。（图191）

图190　　　　　　　　　　　　　　图191

口诀：向下收扇右上步（西）。

（3）右脚掌落地，重心前移；右手虎口向上，扇骨尖朝上，经左前臂内侧向上抬起；左手下按至腹前，眼看右扇（方向西）。（图192）

口诀：前移跟起扇上抬（西）。

（4）右腿支撑；左腿收至右脚内侧，脚前掌着地；左手同时背于体后贴腰部；右手向右上方合扇至虎口中，扇顶斜向上；

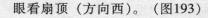

眼看扇顶（方向西）。（图193）

图192

图193

口诀：左脚收于右脚侧，
　　　左手贴腰上合扇（西）。

动作要点：

（1）要求1~4的动作须连贯、不停顿地完成。

（2）这四个动作练习时，要上下肢协调配合，同时完成。

（3）每个动作要求与音乐节奏协调配合。

收式（并步收扇）

（1）身体左转90°至起势方向，左脚向前迈步，脚跟着地；左手同时外摆至左胯

图194

旁,手心向下;眼看前方(方向南)。(图194)

口诀:左转上步左手摆(南)。

(2)重心前移,两腿微屈,右脚跟向前收至左脚跟内侧,两微外展;左手同时外旋,手心朝上,抬至头上方,手心斜向内,右手左摆上举与左手相对称,眼看前上方(方向南)。(图195)

口诀:收脚立正双举臂(南)。

(3)两腿自然伸直,两手臂向前下落至身体两侧收式;眼看前方(方向南)。(图196)

口诀:两臂下落垂体侧(南)。

动作要点:

(1)收式的3个动作要连贯完成,使整套动作有一个完整的结束。

(2)这3个动作练习时,上下肢须协调配合,同时完成。

(3)收式3个动作要与音乐节奏协调配合完成。

图195   图196

易犯错误与纠正方法

(1)收式动作不连贯圆活,肌肉较紧张。

纠正方法:①尽快熟练动作;②收式时强调全身放松,要在意识的引导下,使全身各部位的肌肉、关节得到充分放松。

(2)收式动作与音乐脱节,出现动作结束时音乐还没播完,或音乐结束时动作还没完的现象。

纠正方法:①反复收听、熟悉伴奏曲;②多做配乐练习,使动作与乐曲节拍完全吻合协调。

附：三十八式木兰扇套路演练线路图

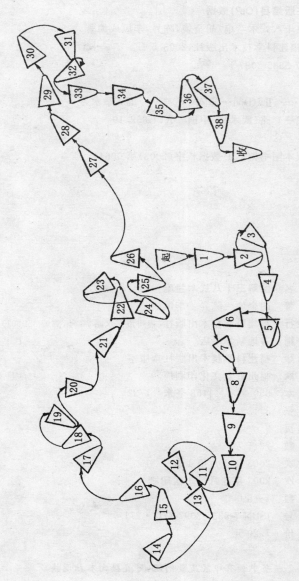

注：

1. 图中的箭号表示动作运动的方向和进退路线，三角形里的数字分别表示套路动作的序号。

2. 图中三角形圆尖角的指向为演练者的胸部朝向。

图书在版编目(CIP)数据

图解三十八式木兰扇/胡金焕,陈昇,李凤成编著.
—福州:福建科学技术出版社,2003.5
ISBN 7-5335-2097-1

Ⅰ.图… Ⅱ.①胡…②陈…③李… Ⅲ.拳术,
三十八式—套路(武术)—中国 Ⅳ.G852.19

中国版本图书馆 CIP 数据核字(2003)第 006445 号

书　　名	**图解三十八式木兰扇**	
编　　著	胡金焕　陈昇　李凤成	
出版发行	福建科学技术出版社(福州市东水路 76 号,邮编 350001)	
经　　销	各地新华书店	
排　　版	福建科学技术出版社排版室	
印　　刷	福州晋安文化印刷厂	
开　　本	850 毫米×1168 毫米　1/32	
印　　张	3.125	
插　　页	2	
字　　数	72 千字	
版　　次	2003 年 5 月第 1 版	
印　　次	2003 年 5 月第 1 次印刷	
印　　数	1—5 000	
书　　号	ISBN 7-5335-2097-1/G·271	
定　　价	7.20 元	

书中如有印装质量问题,可直接向本社调换